本书承蒙华南理工大学亚热带建筑科学国家重点实验室资助出版

恒 吟 集

——每日一诗词

吴硕贤　著

U0330550

中国建筑工业出版社

图书在版编目（CIP）数据

恒吟集——每日一诗词 / 吴硕贤著. —北京：中国
建筑工业出版社，2018.6

ISBN 978-7-112-22339-8

Ⅰ.①恒…　Ⅱ.①吴…　Ⅲ.①诗词—作品集—中国—
当代　Ⅳ.①I227

中国版本图书馆CIP数据核字（2018）第125666号

责任编辑：吴宇江　许顺法
责任校对：王雪竹

恒吟集——每日一诗词
吴硕贤　著
＊
中国建筑工业出版社出版、发行（北京海淀三里河路9号）
各地新华书店、建筑书店经销
北京光大印艺文化发展有限公司制版
大厂回族自治县正兴印务有限公司印刷
＊
开本：880×1230毫米　1/32　印张：5⅛　字数：135千字
2018年9月第一版　2018年9月第一次印刷
定价：**20.00元**
ISBN 978-7-112-22339-8
（32216）

内容提要

　　本书是作者创作的诗词集，按其内容，大致可分为以下几类：其一是对作者本人经历的回忆与描述，例如"儿时杂忆""漳州忆""大学时光"与"华工忆"等，借此可约略了解作者的人生轨迹；其二是咏人物和事物的组诗组词，例如"四大发明""文房四宝""光、声、香景"等；其三是若干科普诗词；其四是作者对科研、治学及社会人生的一些感悟、哲思、心得与体会。

　　本书可供广大诗词爱好者阅读参考。

飞桥跨海

虹波卧

墨海遠遠度

書山自在游

碩賢

义山诗意硕

夕照映天红

硕贤

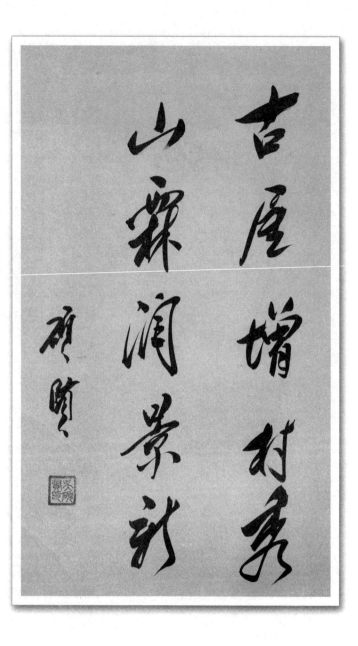

古屋增村秀
山霖润景新

顾盷

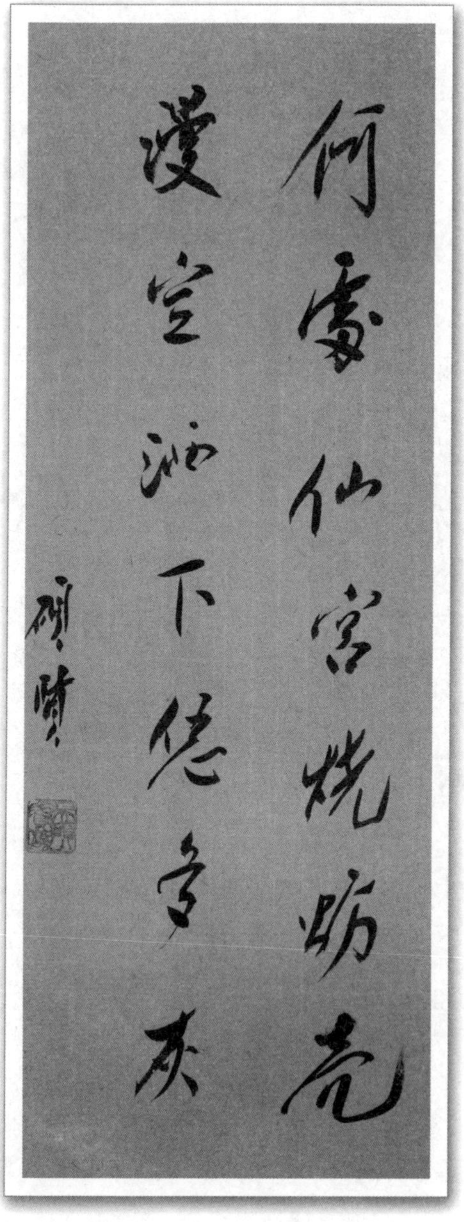

灵芝孢破壁助睡

逍遥科技增多效

中医宝藏饶

丁酉年　吴硕贤

個簇香禾糯熟成
滿案芳甘醇營
葊富不愧稻中
玉

丁酉年

碩質

前　言

　　本人曾于 1995 年由浙江省古籍出版社出版第一本诗词选集，取名《偶吟集》，与先严吴秋山先生的诗词选集《松风集》一并出版。此后，部分诗词作品又编入于 2002 年由中国建筑工业出版社出版的拙著《音乐与建筑》和于 2016 年由华南理工大学出版社出版的《吴硕贤文集》。此外，于 2014 年，曾由中国建筑工业出版社出版《吴硕贤诗词选集》。这些诗词作品的创作，均可用"偶吟"两字加以概括，也即此前我的诗词创作，均是纯粹的业余创作，是偶尔为之，所以数量并不多，数十年间，不过三百余首。然而自 2016 年 9 月 10 日教师节以来这一年半多时间中，我的诗词创作，却一反"偶吟"的方式，变为"恒吟"。也即在这期间，我一发而不可收，竟以平均每日一首的数量创作，真可谓有些不可思议。起因是 2016 年教师节那天，我的研究生弟子们在广州长隆酒店集会，提前为我庆祝七十大寿。席间，我学会了使用微信，并加入同门师生微信群。我并许诺力争每日在群里发表一首诗词，作为与学生们的交流与共勉。这无形中给自己施加了压力，也促使我比先前更自觉、更主动、更勤快地从事诗词创作。如此，到 2018 年 3 月 10 日为止，我果然不负初衷，总共写了 547 首诗词，实现了每天在群里发表一首诗词的诺言。我想，这件事，或许是前所未闻的创举，庶几可申报吉尼斯世界纪录。

我之所以能在一年半多的时间中每日发表一首新创作的诗词，首先是由于熟能生巧的缘故。由于经常思考、写作，使我对于诗词格律、音韵更加熟悉，因此，写作起来，也就得心应手。再者，也是由于厚积薄发的缘故。换言之，因为我平素对于本集中所写作的诗词内容，已有许多积淀于内心中的思索、感受与体会，只不过过去由于工作繁忙，无暇对此进行较系统的整理和写作。这次利用此契机，有意识地重新加以思考、厘清思路，并写成诗词，也就有瓜熟蒂落、水到渠成的感觉。由于本集中的作品，均是坚持每天习作的成果，故我把本诗词集命名为《恒吟集》，以有别于先前的《偶吟集》。

《恒吟集》中的作品，按其内容，大致可分为以下几类：其一是对本人经历的回忆与描述，可视为本人传记的诗词版，其中包括"儿时杂忆"、"漳州忆"、"大学时光"、"铁路岁月"、"读研日子"、"浙大时期"、"华工忆"及系列描写出国访学与出席国际会议等活动的诗词，借此可约略了解我的人生轨迹。我尝试每一时期用同一诗律或词牌来写作，如用 15 首《捣练子》写成"儿时杂忆"，用 8 首《相见欢》来写"大学时光"等。其二是咏物类组诗组词，例如体育运动组词、咏文房四宝及四大发明的组词组诗等。其三是若干科普诗词。其四是我对科研、治学及社会人生的一些感悟、哲思、心得与体会。在这些诗词作品中，我均尝试用同一词牌格律来描写同组事物。这虽然增加了写作的难度，却也因此可增添一些趣味与魅力。

本诗词集共收入 400 首诗词。前述我自 2016 年 9 月 10 日至 2018 年 3 月 10 日期间，平均每日写作一首诗词，共计 547 首作品。由于 2017 年间，华南理工大学出版社曾出版了《吴硕贤序跋诗文集》一书。集中收入我自 2016 年 9 月 10 日至 2017 年 3 月 10 日期间写作的 200 多首诗词，故本诗词集主要发表我在 2017 年 3 月 10 日至今写作的 365 首作品，外加此前所创作并已收入《吴硕贤序跋诗文集》中的 35 首作品。之所以再次收入这 35 首作品，是因为它们包括"儿时杂忆"15 首，"漳州忆"12 首及"大学时光"8 首。这些诗词与后来写作的自传体诗词构成了完整的一套诗词自传。我想这也是前无古人的一项创举。

古典诗词是中华传统文化的瑰宝，是价值连城的国粹，是年青人应当努力加以传承和发展的千秋事业。我以为今日继承和发展古典诗词，应当在内容和词汇上与时俱进，加以革新。首先是要融入现代词汇，要描写当代生活；在写作风格上应当提倡用平实的语言，明白的逻辑来写作，以取得朗朗上口，通俗易懂的效果，以利于广大读者理解、欣赏，使之乐于接受和取得共鸣。我的这些主张，在《恒吟集》中都力求加以贯彻，付诸实践，有所体现。希望本书的出版，能对促进中华传统诗词的普及与发展略尽绵薄之力。

吴硕贤

2018 年 3 月 10 日

目　录

1. 咏蚕

创纪之前到汉唐，丝绸古路续绵长。
千年贸易缘何物，还赖春蚕织茧忙。

2. 捣练子【咏菖蒲】

陈雅室，植菖蒲。细叶葳蕤垂绿弧。
君若摩挲香四溢，兰心蕙质气相濡。

3. 捣练子【咏黄鹂】

藏叶底，发清声，巧舌如簧赛笛笙。
迎着晨曦舒玉嗓，唱来一日好心情。

4. 捣练子【咏桂圆】

枝累累，果盈盈，内裹乌溜黑眼睛。
琼液尝来甜逾蜜，纷丝如我尽佳评。

5. 捣练子【咏盆景】

枝干曲，锦花开，老树移来盆里栽。
缩尺景观呈匠意，春光满室暗香来。

6. 捣练子【咏月饼】

圆月饼，五仁芯。习俗唐朝传至今。
寓意仁心君觉否？德言慈爱则民歆。

7. 捣练子【咏哈密瓜】

橙似翡，味香甜。瓜瓞绵绵福泽延。
果内如何生蜜汁？此间奥妙孰能言。

8. 劳动颂

劳动真神圣，文明赖奠基。
原材成制品，腐朽化新奇。
脑巧蟾宫探，心齐泰岳移。
行行英杰出，月朗众星熹。

9. 咏鱼

鸟在空中舞，鱼凭水体游。
逍遥摇尾翼，快乐逐轻舟。
介质能流动，鳞群获自由。
唯求河洁净，湖海接清沟。

10. 咏鹤

鹤鸣于沼泽，声响达青空。
白翅双缘黑，明冠一点红。
闲庭行雅步，云际展娴容。
贵类居佳地，仙禽洁境逢。

11. 深春

春深树木益森森，鸟兽欢欣花有神。
阳气萌生增激素，蓬蓬代谢促新陈。

12. 咏光

黑暗照分明，辉投七彩呈。

空间能溢满，轮廓可映清。

景色因渲就，风光藉绣成。

常携温暖至，万物总心倾。

13. 行香子【光景】

夕照晨曦，月朗云稀，兼欣赏，雨霁虹霓。

夜观天象，斗转星移，察箕星南，斗星北，火星西。

灯火明祠，渔火辉溪，看村野，篝火燃陂。

古今光景，百姓痴迷，喜烛光明，灯光灿，激光奇。

14. 行香子【声景】

汩汩泉鸣，虺虺潮声。协奏起，竹韵松风。

自然交响，洗耳聆听。爱风声浑，雨声脆，水声清。

蛩唱庭坪，鸟雀呼晴。又闻那，鹤唳长汀。

故园声景，惹引乡情。悦鹿鸣呦，虫鸣唧，鸟鸣嘤。

15. 行香子【香景】

玫瑰遮廊，金桂荫堂。还寻见，茉莉依窗。
荼蘼掩砌，络石镶墙。喜梅花熏，荷花馥，菊花香。
萱草盈厢，松树成行。兼丛植，绿竹修篁。
园林香景，添魅增康。嗅草香菲，竹香细，松香芳。

16. 访大旗头古村

文房四宝列村途，武将原来盼读书。
户尽朝东迎紫气，阳光照亮古庭除。

17. 有感建筑技术有多位女性学术带头人

柔可克刚众丽人，南园北苑秀于林。
光声热学难关破，还仗裙钗领异军。

18. 一带一路

丝路绵延众国连，春风早度五洲关。
多赢共创繁荣纪，盛世歌吹达九天。

19. 七十自叙

不觉流年越古稀，安之若素自和怡。
奇思突发开新境，光景无边灿似霓。

20. 创新引智

拿来主义谋猷好，引智创新成果奇。
搭建平台招孔雀，广联外脑解难题。
五洲国士殚精报，四海人才协力齐。
万水归宗观浩淼，千峰顶上插红旗。

21. 手机（一）

方寸玻屏兜里存，风行此物最牵魂。
纷纭信息频频发，何处天涯不遇君。

22. 手机（二）

收看收听音视频，图文点赞亦劳神。
秀才博识天涯事，揣着星球不出门。

23. 可燃冰（一）

深居海殿可燃冰，质本纯来性自清。
玉态晶容凝巨力，能源革命仰卿卿。

24. 可燃冰（二）

养在深宫人罕识，千寻百探逐君来。
冰清玉洁轻盈态，秀外刚中济世才。

25. 浙大校庆一百二十周年

欣逢双甲子，浙大庆欢腾。
校友频来贺，嘉宾迭接迎。
回眸多彩路，展望远征程。
早日酬心愿，一流学府成。

26. 声景学与光景学

声景同光景，孪生姐妹科。
视听相结合，耳目共谐和。
历史源流浚，前人典范罗。
乡愁情未了，研究辟先河。

27. 光景学

光能成景物，且可引乡愁。
日月星明目，燎灯火醒眸。
烛龙辉极地，虹彩映波流。
领域新开辟，吾侪续探求。

28. 大地的时装

大地俏姑娘，精心换季装。
春来红艳艳，夏至绿苍苍。
秋服金黄色，冬衣素白妆。
百观皆妩媚，热爱表衷肠。

29. 何镜堂院士建筑作品展

扬名意大利，美誉燕园收。
纸上千条线，人间百栋楼。
蓝图经巧手，佳构豁明眸。
学派岭南立，丰碑矗广州。

30. 捣练子【咏粽子】

包黍米，绿菰衣。粽子香浓快朵颐。
投入江中飨屈子，忠魂千古不孤凄。

31. 捣练子【赛龙舟】

锣鼓起，破清流，桨手齐心争上游。
两岸粉丝尤卖力，呼声恨不助推舟。

32. 捣练子【咏流萤】

村野静，闪流萤，自带灯光照航程。
常忆儿时生态美，丛间夜映万颗星。

33. 捣练子【咏莲灯】

浮水面，顺沟渠，烛火光明亮芙蕖。

百盏莲灯游款款，此间景致怎生书？

34. 全息投影"复活"歌后感赋

歌台又见丽君现，笑貌音容永不衰。

全息光投呈栩栩，名人万古闪星辉。

35. 捣练子【毓琛赠纸鹤感赋】

情眷眷，意拳拳，纸鹤娟娟值爱怜。

巧手折成灵气动，成群展翼志云天。

36. 咏霓虹

雨霁初晴际，霓虹现远方。

诗经称异景，物理曰分光。

彩色迎眸亮，弧形照眼昌。

何当绾绚锦，制作丽人裳。

37. 咏极光

浩浩太阳风，磁场激烛龙。
五颜辉夜幕，两极耀苍穹。
光景超霞彩，奇观胜蝃蝀。
自然多异象，壮丽叹神工。

38. 秦淮夜景

桨声灯影伴琴歌，夜泊秦淮美若何。
渔火波中溶月色，霓光岸上照银河。
坂桥杂记铺陈细，秋实散文叙述多。
陶醉南京迷此景，摇金漾玉胜晴和。

39. 咏鹿

头顶戴华杈，身衣饰散花。
呦呦鸣绿野，簌簌食青芽。
草莽为游苑，丛林是住家。
悠闲如雅士，信步乐天涯。

40. 咏虾

潇洒美鬚公，头胸配剑雄。
两双灵触角，七节曲弯弓。
遇冷形如玉，逢温色若彤。
齐璜诚善画，数笔出仪容。

41. 咏蟹

天生披铠甲，大将喜横行。
八足能潜蹑，双螯更善征。
儿童翻蟹壳，法海露僧形。
美味谁先试？千秋赞圣明。

42. 咏水母

水母透身明，浮游泳态轻。
群装飘薄膜，伞盖覆柔篷。
彩色鲜如绢，微光闪似萤。
收舒中运动，射液助前行。

43. 咏龟

龟诚长寿物，静养可延年。
能量储存足，精元耗费悭。
暑寒调节敏，水陆歇居安。
甲壳镌文字，千秋信息传。

44. 咏蜂

昆虫黄褐色，锐利带螯针。
薄翼轻张膜，蛮腰细束身。
亲花勤授粉，采蜜乐吞津。
六角棱锥体，蜂巢叹奇珍。

45. 咏蝶

难分梁与祝，成对紧相随。
叶上轻轻歇，丛中款款飞。
摇身能引飓？拟态可防危。
蛱蝶知何去？庄周梦遽回。

46. 咏蚁

蚂蚁千钧力，搬家负重奇。
分工诚细致，辨路不迟疑。
忙碌维生计，顽强避祸机。
巢窝洵复杂，土堡乐群栖。

47. 七十感怀

年逢七十频回首，海北天南多少程。
岁月诚雕皮脸皱，时光更淀内心清。
且从书法求欣慰，聊借诗词写悟情。
学术犹思开境界，再留佳果益苍生。

48. 玫瑰窗

哥特教堂玫瑰窗，玻璃五彩紫红光。
天穹门顶多镶饰，立面边墙亦嵌装。
日耀斜穿渲绚丽，辰辉笼罩透微茫。
陆离神秘摇心魄，典范风靡布四方。

49. 咏书

书为人创造，记录所听闻。
思考成经典，心声化字文。
先贤遗国宝，译者易邦珍。
学术凭承继，精华得永存。

50. 咏镜

疑受湖池启，磨铜始发明。
丽人临久赏，虚像鉴方生。
对照纤毫现，高悬美丑清。
孩童知自我，镜里识予称。

51. 咏纸

祖先雕甲骨，后又铸金文。
木牍兼青简，缯书及石箴。
流通多不便，记录亦劳神。
此物横空出，千秋念蔡伦。

52. 厦门

邹鲁宜居地，长年度暑寒。
高低楼舍美，错落角梅丹。
岛屿波中布，沙滩水际环。
亲情萦不断，镇日望台湾。

53. 福州

外婆官巷住，半个福州人。
童梦萦怀久，儿时记忆新。
闽江曾击水，劳崛数登临。
设计魁歧始，旧居何处寻？

54. 台诏翰墨缘

诏安桑梓地，台陆古今通。
书画源流广，人文脉络同。
琯樵曾渡海，沈叟欲归宗。
血本浓于水，亲情百代融。

55. 古稀

老态未龙钟，眼花耳半聪。
思维仍敏捷，脾气益和融。
脉压偏高企，血糖低不浓。
义山诗意确，夕照映天红。

56. 五律

偏多五律诗，顺口易来词。
精练冗言少，均衡对句奇。
特征描准确，情感表和宜。
举重如轻物，千斤四两移。

57. 秋吟

天上积云高，北风刮雨飘。
晷盘移淡影，室内免空调。
无汗人身适，微香蝶梦遥。
秋来南粤地，入夜暑气消。

58. 咏雪

雪乃晶形水，纷扬漫野飘。
逢温融雨露，遇冷结琼瑶。
细察区分易，宏观差别消。
新年呈瑞兆，五谷喜丰饶。

59. 作诗

平素爱吟诗，追寻绝妙词。
他人难体会，自己最心知。
咏得甘泉涌，思成喜泪滋。
先贤评幸福，孰可比文痴。

60. 芭乐

儿时多食此，味道脑中存。
熟透香飘逸，剖开籽结群。
甘甜能健胃，细润可滋身。
尤促血糖降，堪称水果珍。

61. 番薯

明朝承吕宋，高产四方栽。
昔日充饥食，如今保健斋。
根当陈雅席，叶亦上餐台。
返朴归真好，佳肴仗实材。

62. 苹果

苹果天天食，维生保健身。
钾酸能软脉，磷铁促安神。
细细清香淡，滋滋美味醇。
因从枝上落，牛顿悟思深。

63. 学生毕业有感

又到华园毕业时，广场冠帽掷飘丝。
同窗数载终须别，异地他年会可期。
已重规仪模外校，还希学术效名师。
从今漫漫人生路，不惧崎岖策马驰。

64. 捣练子【咏花生】

花落地，果方生，伸入泥沙发育成。
荚壳为床甜入梦，香仁玉籽裹红绫。

65. 捣练子【咏樱桃】

如玛瑙，似琼瑶，色泽光鲜孰可调？
串串紫红娇欲滴，谁人不爱俏樱桃。

66. 捣练子【咏丝瓜】

藤蔓蔓，结黄花。青叶蓬蓬护绿瓜。
清热香甜能健脑。老丝犹可作锅刷。

67. 捣练子【咏石榴】

黄软膜，护红牙，密密麻麻正叠斜。
储满盈盈营养汁，生津止咳味堪夸。

68. 捣练子【咏果冻橙】

皮特薄，肉橙黄，无核香甜益健康。
科技培成新品种，橘柑家族好儿郎。

69. 捣练子【咏夜合花】

花六瓣，萼青青，透过窗纱香气萦。
入夜冥蒙花睡去，晨妆靓色映空明。

70. 海洋玉髓

马国存奇石，斑斓海底岩。
花纹疑手绘，图案出天然。
白皙温如玉，晶莹透逾矾。
分明山水秀，美景嵌其间。

71. 春风

姹紫嫣红色，缤纷满际涯。
春风毫一洒，万木着新花。

72. 读《长安寻梦——张锦秋建筑作品展实录》感赋

锦秋奇女子，事业继梁公。
西北经营地，汉唐建筑风。
塔楼形隽美，馆殿势崇隆。
佳作展陈日，八方宾客从。

73. 佳人

组合基因巧，佳人百载逢。
形容才子拙，描绘画师穷。
肤色明方好，身材俏适中。
精华全在目，一瞥艳惊鸿。

74. 才子

才子思维敏，纵横跨域宏。
寻常明透彻，复杂析轻松。
典故中西熟，文源左右逢。
拈来惊世语，不费苦吟功。

75. 贺香港回归二十年

香港回归二十年，特区史册揭新篇。
一桥跨海连多地，数市环湾构巨圈。
两制铺开平坦路，同心创出共荣天。
回眸历历峥嵘岁，遥望荆花万里妍。

76. 周末

红楼幽独处，草木送清馨。
俯颈观微信，抬头念故人。

77. 水调歌头【旅游】

常在家中住，思去别乡游。
飞机高铁游艇，方便越洋洲。
偷得浮生闲日，多历山川名胜，兼访亚非欧。
趁此体犹健，熟悉本星球。

寻遗迹，观古镇，访名楼。
结团成组，宾馆驿站乐停留。
纵读群书千卷，尚应行程万里，此辈愿方酬。
世俗民情识，嘉景八方收。

78. 水调歌头【美食】

吾国好传统，美食获推崇。

百姓之天为食，此事古今同。

南北东西菜系，京鲁川湘闽粤，特色竟无重。

彰显民之慧，更现世情浓。

选精料，掌火候，练刀功。

色香味俱，方显烹饪之神工。

推广西方各国，细品中华料理，始觉味无穷。

千载之文化，此应列其中。

79. 水调歌头【民乐】

先祖喜音乐，传统越千年。

高山流水佳话，代代有新篇。

同是天涯沦落，夜泊浔阳江上，欣赏落珠盘。

明月扬州夜，箫管玉人传。

敲锣鼓，吹笙笛，拨丝弦。

空山鸟语，雨打蕉叶入吹弹。

方奏渔舟唱晚，又响梅花三弄，佳曲出民间。

礼乐促和谐，百族共骈阗。

80. 水调歌头【淫雨】

连日降淫雨，水位达新高。

漫过江堤河岸，街道变舟漕。

住宅唯居楼阁，车辆沦为沉艇，市镇涌波涛。

洪涝成顽疾，怎不令心焦！

理念误，丢里子，罩华袍。

地皮封闭，湿地填塞堵沟壕。

排水通渠缺失，降水无从消纳，岂不溢滔滔。

规划重留白，永逸待一劳。

81. 水调歌头【园林】

历代重山水，城市辟园林。

错落高低形势，疏密巧区分。

水面波光潋滟，花木参差秀丽，山石见嶙峋。

更有鸟虫唱，清气送芳馨。

精布局，巧因借，重幽深。

廊迴径转，疑绝路处现新村。

布置台墀棚架，构筑楼轩亭阁，佳境可凭临。

四季有惊喜，无处不销魂。

82. 水调歌头【建筑】

人类谋居住，建筑应而兴。

穴处巢居初始，房室渐经营。

高筑墙基防浸，屋顶门窗搭设，挡雨阻侵凌。

村落星罗布，城邑亦成形。

土木立，砖石筑，混凝成。

高楼华厦，上达碧落炫天庭。

更有空调暖气，控制人居环境，舒适乐安生。

只是多消耗，永续重节能。

83. 水调歌头【听觉】

人类赖听觉，故可结成群。

音乐言语先立，而后渐成文。

信息凭波载送，传统依声承继，古俗至今存。

君看侗歌演，便识此言真。

风雅颂，史诗赋，尽行吟。

仲尼论语，但述弟子授贤人。

佛教谈经论典，基督歌诗布道，意在会知音。

听觉功弥大，声入则通心。

84. 捣练子【咏伞】

能挡雨，可遮阳。五色纷呈彩盖张。
收放自如随气候，张弛交替道明彰。

85. 捣练子【咏折扇】

铺纸面，贴绢绸。折叠舒张任自由。
信手摇来风习习，品诗观画更清悠。

86. 心得

研究少钻牛角尖，思维领域贵铺宽。
眼观六路开新境，钩挂三方破险关。
本业难题为导向，他山异石可攻坚。
善于类比萌奇想，谜底从来怕揭穿。

87. 指南针

因受磁场吸，朝南不向西。
任凭风浪起，矢志未曾移。

88. 火药

释放力千钧，燃烧炸粉身。
空中闻怒吼，脾气暴无伦。

89. 活字印刷

先行雕版术，活字后成模。
棋子排方阵，书商任调挪。

90. 造纸术

段麻掺水泡，蔑席薄捞浆。
晾晒干成纸，文明益炽昌。

91. 吟诗与创新

面朝事物吟诗句，勿效前人步旧踪。
直写心中情与思，纵非原创定无重。

92. 雷雨

晴天倏变色，午后阵风吹。
雾暗阳光失，云沉雨滴垂。
低空游闪电，远地滚惊雷。
落木纷纷下，檐巢燕雀归。

93. 水调歌头【访黔东南】

夏日应邀请，访问贵东南。
下机车上高速，一路阅青峦。
直达剑河城镇，瞻仰阿莎雕像，翠谷涌温泉。
广袤森林绿，清水泛微澜。
下司镇，参观毕，转雷山。
苗民侗族，消失字契善言传。
村寨轮番节庆，歌舞芦笙铜鼓，银饰衬酡颜。
只要人长健，何必羡金钱。

94. 苗女嫁衣

为赠姑娘嫁，多年刺绣功。
深情缝细密，爱意织绵浓。
银饰明光晃，锦衣彩色融。
良辰娇几许，黼黻衬花容。

95. 风雨桥

桥梁同建筑，一体混然成。
挡雨遮阳晒，纳风听水鸣。
栏杆连板凳，瓦盖护廊亭。
檐角双飞翘，如翚似鸟乘。

96. 水调歌头【海市蜃楼】

光线几经折，云际现亭楼。

未知天上宫阙，何作片时留？往昔不明原理，

引发遐思幻想，仙境梦中求。

向往蓬莱岛，何处觅飞舟？

时空换，新世纪，有奇谋。

三维造影，今日海市激光投。应有云屏电视，

全息远程成像，光景豁迎眸。

技术多魔力，科学献宏猷。

97. 水调歌头【游泳】

因羡鱼群泳，故习水中游。

划波可助升力，河海任沉浮。学会仰爬蛙蝶，

又练深潜探底，速度赛轻舟。

跳水展双翼，矫健似飞鸥。

戏溪水，穿湖泊，渡江流。

弄潮有术，风急浪恶不须愁。更出泳坛健将，

宛若蛟龙入海，破纪占鳌头。

水陆两栖者，潇洒度春秋。

98. 捣练子【咏蜡烛】

红蜡烛，送温情，火舌殷勤破晦暝。
名士几多经典稿，无君陪伴写难成。

99. 捣练子【端砚】

温润石，浅凹盘。采自深坑紫石岩。
石眼微黄台面布，看君蘸墨泼新笺。

100. 捣练子【宣纸】

源泾县，熟生宣。洁白绵柔顶级笺。
属意青檀来制作，墨明章赤葆千年。

101. 捣练子【徽墨】

胶水结，黑油烟。墨块凝成墨色鲜。
软墨硬岩磨合久，砚台徽墨结良缘。

102. 捣练子【湖笔】

修竹管，束纤毫。妙手操持兴自高。
墨汁丹青蘸润泽，四时风物任君描。

103. 捣练子【观毓琛艺术体操口占】

挥彩带，接抛球。跳跃翻腾韧又柔。
竞技场中何所似，碧空之燕海之鸥。

104. 水调歌头【八一颂】

八一军旗舞，威武列雄师。
空中鹰隼张翼，地面战车驰。
更有炮兵坦克，信息支援方队，将勇列兵奇。
装备精良矣，科技作支持。
洲程弹，巡洋舰，速歼机。
文明之旅，传统永继固军基。
改革协同方式，重组指挥体制，勃勃焕英姿。
拭目沙场上，所向敌披靡。

105. 水调歌头【厦门情思】

因办金转会，全市焕新颜。

沿街楼宇修葺，花树益芳妍。

投入资金充裕，组织人员千万，踊跃饰家园。

鼓浪申遗毕，地铁贯岩穿。

常来此，消夏暑，度春寒。

亲朋好友，时聚此地续情缘。

兼职华侨大学，参与厅堂建设，贡献尽微绵。

祝愿厦门好，兴事盛空前。

106. 踏莎行【忆浙大】

西子湖边，玉泉园畔，江南名校群星灿。

中年岁月梦魂中，逝川难释相思淡。

弟子追随，文章淬练，覃思偶闪灵光现。

甘磨板凳守清贫，皇天不负平生愿。

107. 鹊桥仙【望洋台】

惊涛击石，黄沙铺岸，遥望琼田万亩。
望洋台上沐天风，涤荡尽，炎天热暑。
诏安桑梓，书香浓郁，诚乃海滨邹鲁。
文风浩荡若天风，远播及，台澎岛屿。

108. 出席澳门新城规划会议感赋

澳门凼仔一桥通，珠海横琴对望中。
港道弯弯分陆岛，商楼巍巍矗云空。
新城规划谋猷伟，热土增填计略宏。
科技旅游齐发展，多元经济益繁荣。

109. 捣练子【击剑】

持利剑，戴头盔。击中灯光闪闪辉。
勇士英姿今复在，剑锋凌厉显余威。

110. 捣练子【标枪】

投利器，掷标枪。划过蓝天插草场。
力大还须姿势美，掷来弧线闪微光。

111. 捣练子【举重】

观力士，气英豪。虎背熊身带束腰。
举重若轻凭一吼，发千钧力震山摇。

112. 捣练子【射击】

调气息，聚精神。子弹飞翔射靶心。
改进行为凭反馈，弹无虚发建奇勋。

113. 捣练子【游泳】

腾细浪，弄清池。入水鲨豚奋力驰。
浪里白条非对手，似蛙如蝶展英姿。

114. 捣练子【羽毛球】

丝网拍，羽毛球。巧吊轻拦转猛抽。
一往一来飞不歇，白毛轻羽任飘游。

115. 捣练子【马拉松】

拼耐力，马拉松。百里征程两点钟。
挺过难关轻步伐，鹿驰原野逐春风。

116. 捣练子【撑竿跳】

加速跑，获冲能。借助长竿向上撑。
跳过龙门凭一跃，碧天鸿影看飞腾。

117. 捣练子【排球】

平短快，垫传攻。扣杀防西忽向东。
君看托球刚过网，迅雷轰击耳边隆。

118. 捣练子【接力赛跑】

环道跑，箭离弓。腿若弹簧憋力冲。
配合协调交顺棒，虎从风势马如龙。

119. 捣练子【乒乓球】

凶扣杀，巧推搓。小小银球快似梭。
左右开弓身手健，喜看新浪逐前波。

120. 捣练子【篮球】

勤抢夺，准投篮。快速攻防妙运传。
生巧从来依熟练，技高成艺理当然。

121. 捣练子【跳水】

如海燕，似飞鸥。跳板高台竞自由。
君看浪花无一束，健儿飞入水中游。

122. 捣练子【跳高】

身矫健，腿高弹。背跃升腾若等闲。
刹那地球销引力，任君云际越横竿。

123. 捣练子【足球】

强后卫，猛前锋。左右边锋快似风。
一记长传头顶入，满场雷动唤英雄。

124. 水调歌头【时间】

欲问时何物，变化记形踪。
假如一切凝固，时亦变为空。
往昔晷盘测影，后借漏沙刻录，更有计时钟。
岁月均匀度，节奏自从容。
光阴逝，虽缓慢，又匆匆。
主观感受，相对境异各无同。
欢聚良宵苦短，等候焦心期盼，更觉日长冗。
洞里方三日，世上历春冬。

125. 乘飞机口占

大气浮船快速游，轻摇微振破环流。
蓝天为海云为浪，欲与飞禽竞自由。

126. 清晨

清晨开户牖，扑面清风吹。
鸟语声声脆，欣迎白昼归。

127. 群芳

漫上权条缀满枝，春花万朵喜滋滋。
东君不愿人间素，遂令群芳会一时。

128. 喇叭花

绿蔓垂垂缀紫花，清新秀丽实堪夸。
路旁默默相迎迓，似有心声出喇叭。

129. 水调歌头【情】

欲问情何物，思念在心头。

曾经相处欢悦，志趣感相投。

总是关心境遇，彼此甘心奉献，共喜又同愁。

记忆存深厚，意爱益温柔。

才放下，又拾起，几时休？

情迷时候，一日不见隔三秋。

最重心诚意永，

不必朝朝暮暮，七夕渡星流。

但愿有情种，夙愿幸能酬。

130. 蝶恋花【新生】

开学华园重热闹。绿树丛中，犹有荆花俏。

各地新生来报到，英姿勃勃年方少。

杨柳欣欣齐竞傲。最羡青春，绮梦凭心造。

沃土扎根枝叶茂，成才莫待年华老。

131. 师恩

垂髫博士历多时，引我人生几任师。
指导思维明事理，传输学识辨妍媸。
杏坛升日弦歌奏，绛帐开期雨露滋。
欲问恩深安可测？蛟龙入海探方知。

132. 建筑红楼（一）

名师之作品，中大旧楼房。
绿瓦呈云白，红墙映日昌。
室高通气爽，廊阔蔽荫凉。
在此居长久，情缘结未央。

133. 建筑红楼（二）

双层楼宇立，建筑仿簧宫。
树影婆娑淡，云光黯黮浓。
人员来复去，课室满轮空。
代谢恒存续，长留记忆中。

134. 建筑红楼（三）

入夜星光灿，红楼灯火明。

大师宏论述，弟子细心听。

今古源流汇，中西学术承。

思维新蕾放，创意绿芽萌。

135. 水调歌头【中秋】

明月固常有，今夕盼清圆。

阳光悉数投射，望月挂金盘。

往昔难明物理，幻想蟾宫桂殿，玉兔伴婵娟。

今日免灵药，探月搭飞船。

百万里，凭跨越，摄真颜。

传奇神话，迷雾萦绕复缠绵。

然则终归无信，人类谋求真相，不懈勇登攀。

浪漫归诗境，科学揭真诠。

136. 老骥

诗如流水笔如龙，老骥欣然伏枥中。
千里之驰期赤兔，平川辽阔接苍穹。

137. 建设一流大学一流学科（一）

群芳谱里列英名，争创一流上水平。
木秀于林诚可待，扬帆奋进趁潮生。

138. 建设一流大学一流学科（二）

名校光芒耀眼明，科研教学质提升。
晴空众鹤排云上，便引群禽达天庭。

139. 山涧水（一）

清清山涧水，曲曲接溪流。
一路观风景，无君景不悠。

140. 山涧水（二）

幽幽山涧水，九转别荒陬。
汩汩歌吟去，离乡可识愁？

141. 钢琴演奏会

黑白键盘巧手弹，琴槌续续击琴弦。
低音浑厚高音脆，大调清扬小调寒。
十指连心心欲醉，七声激耳耳微酣。
千秋经典难全识，妙谛唯能品二三。

142. 秋分忆秋收

秋分时节气清凉，桂子飘香菊正芳。
赤道迎光均昼夜，黄经度日半阴阳。
雷声渐失霖收匿，虫影潜消蛰伏藏。
晚稻连畦金穗灿，飞镰割获喜农忙。

143. 国庆（一）

鲜红旗帜正飘扬，国庆歌声起八方。
火箭巡天星月揽，蛟龙探海贝珍藏。
长虹卧浪连三地，高铁穿梭织四疆。
科技创新驱发展，祥云呆呆托朝阳。

144. 国庆（二）

六十八年成就煌，神州意气益高昂。
舟宫对接控时确，北斗导航定位详。
天眼欲窥天宇秘，地钻思探地心藏。
且依科技无穷力，崛起东方国运昌。

145. 相册

偶翻相册惊时速，岁月无声刻树轮。
照片分明呈稚影，彩图活泼现青春。
人生历历凭回忆，往事桩桩借保存。
水远山高踪迹在，天长日久感情温。

146. 香禾糯

侗族香禾糯，蒸成满寨芳。
甘醇营养富，不愧稻中王。

147. 灵芝孢

灵芝孢破壁，助睡梦逍遥。
科技增奇效，中医宝藏饶。

148. 茅台酒

赤水流灵秀，茅台酿液稠。
香醇洵国酒，欲醉不晕头。

149. 大红袍

岩顶奇茶树，请芬逐雾飘。
遣猴攀采撷，香染大红袍。

150. 八宝印泥

家乡多贡物，八宝印泥存。
制艺诚精细，选材惟贵珍。
丹颜逾鹤顶，赤色赛朱唇。
彩泽千年艳，品题添气神。

151. 片仔癀

桑梓名方片仔癀，制成药剂著三江。
牛黄田七同冰脑，蛇胆珍珠共麝香。
内服化瘀消毒热，外敷镇痛送清凉。
中华医典多奇效，发掘精研益健康。

152. 初衷

人生最贵是初衷，君子始终立志同。
一以贯之持发力，穿岩不负滴泉功。

153. 长假

国庆接中秋，八天连续休。

无车观热闹，有宅享清悠。

墨海逍遥度，书山自在游。

且涵精气足，抖擞迓周头。

154. 红树林

海边红树林，倔强任潮侵。

护岸维生态，殷勤接候禽。

155. 水调歌头【集邮】

兴趣须培养，从小爱观邮。

鱼虫花卉禽鸟，栩栩悦双眸。

向往山川名胜，迷恋都城建筑，幻想越湖洲。

每获新邮票，欣喜忘忧愁。

集邮册，时在手，作良俦。

大千世界，尽入小小册中收。

更有风流人物，中外馆藏精品，在在脑中留。

方寸有天地，思绪任遨游。

156. 扶贫（一）

数根银线天边落，冷僻山村送电来。
梦想多年今实现，声光满屋暖心怀。

157. 扶贫（二）

车路蜿蜒修入寨，乡村硕果售天涯。
山民愁结终消解，朴秀农家乐起来。

158. 三江源

青藏高原玉树州，三江源址访源头。
森林广布灌丛密，湿地绵延草甸稠。
沼泽河溪张水网，冰川雪野汇泉流。
甘甜乳汁滋生命，养育之功罕匹俦。

159. 中秋光景节

中秋佳节赏光景，月魄清辉引众眸。
焰火腾空星溅射，花灯照地彩飞流。
人间天上明相映，城市乡村喜共求。
传统风情源本性，神州民俗续千秋。

160. 民宿（一）

市人希返朴，民宿应而兴。
村树花颜杂，田畦菜色青。
农家肴味野，山寨氛围宁。
携妇将雏至，浮生数日清。

161. 民宿（二）

市廛生活久，暂往野村居。
约友呼朋至，驱车易服趋。
农家风景异，民宿院庭殊。
欲吸清新气，城区总不如。

162. 民宿（三）

到此民居宿，溪琴鸟曲闻。
更槽滋味诱，换境睡眠深。
古屋增村秀，山霖润景新。
水车吱轧转，引我拾童心。

163. 弦乐重奏

声谐律协沁人心，数索银弦共发音。
指压弓摩柔复劲，泉鸣玉振颤而匀。
尘间有幸闻仙乐，世上何缘创雅琴。
最爱良宵听合奏，厅堂混响益销魂。

164. 菩萨蛮【腊八粥】

糖调八宝甜滋味，维生营养和脾胃。
米豆共胡桃，花生莲子熬。
安神兼益气，时服盈精力。
腊八祷丰收，村村欣食粥。

165. 捣练子【骆驼】

行阔步，仰高头。跨过沙丘是绿洲。
丝路铃声传塞外，驶来驼队漠之舟。

166. 捣练子【青蛙】

栖水陆，叫呱呱。守护农田有赖它。
常令儿童生兴趣，为何蝌蚪变青蛙。

167. 捣练子【宠物猫】

成宠物，作亲朋。懒散温柔睡眼惺。
捕鼠无心天性失，养尊多日退机能。

168. 捣练子【大象】

头硕大，体雄奇。象鼻长长卷嫩枝。
因长贵牙遭捕杀，令人闻此叹歔欷。

169. 捣练子【螳螂】

张复翅，臂如刀，头大身长束细腰。
谁道捕蝉难顾后，神奇复眼现纤毫。

170. 捣练子【蜘蛛】

圆腹部，接头胸，纺器多腔吐丝绒。
强力蛛丝神秘物，张开天网捕飞虫。

171. 卜算子【山泉自叙】

本性自清纯，无嗅兼无味。
未出山前尽透明，洁净东流逝。
岂料历城乡，浊物腥油汇。
但愿人存爱惜心，免吾污尘累。

172. 访茂名（一）【贡园古荔】

经历沧桑干已空，犹凭皮侧葆葱茏。
堪惊生命无穷力，古荔千年续挂红。

173. 访茂名（二）【冼夫人】

巾帼英雄第一人，崖州建置气吞云。
靖边三代功垂世，遵奉好心训永存。

174. 访茂名（三）【矿区生态园】

油页岩坑出广湖，荒坡绿化树扶疏。
村民有了新生态，老马回乡不识途。

175. 访茂名（四）【中德化工园】

高塔银装望罐群，合资生产异壬醇。
何时催化谜能解，利润无须对半分。

176. 夜来香

朵朵花儿朵朵芳，何因偏向夜来香？
娇馨不欲人前秀，自赏方知兴味长。

177. 人体奥秘

封装系统靠皮囊，奥秘无穷此内藏。
机理何时能自解？庐山深处览风光。

178. 四问

意识如何与物连？心灵量子互纠缠？
三维以外存虚境？超越感知可测观？

179. 醉花阴【题昔重阳登高照】

五十一年前往事，初到京城地。
佳节遇重阳，相约登高，欢聚西郊寺。
师生乐赏深秋媚，漫野红枫醉。
照片记当时，满脸春风，正是无忧季。

180. 醉花阴【应县木塔】

应县木塔高第一，刹顶穿云出。
八角六层檐，斗栱交叉，廊柱亭亭立。
任凭地震沉雷击，何惧飙风疾。
堪叹匠高明，技艺双精，世上称奇迹。

181. 醉花阴【独瓶】

室内花瓶高两尺，体染天青色。
束口凸瓶身，铁干梅花，双雀张飞翮。
幽兰一束瓶中立，碧带轻飘逸。
倩影衬墙边，默吐微香，引得诗情溢。

182. 醉花阴【枫林】

枫树自有奇特质，霜染黄丹色。
晚季更燃情，胜似春花，开遍山南北。
秋来万物多萧瑟，犹有枫林赤。
此景应重阳，虽近冬天，不减青春魄。

183. 秋枫

登上山冈望，秋来色彩斑。

枫林无限美，何虑近冬天。

184. 醉花阴【观清华老年合唱团演唱感赋】

一曲高歌金石裂，渐引心头热。

我爱你中华，响遏行云，唱出真情切。

童颜道骨丝如雪，勃勃英姿发。

少壮别天涯，奉献青春，此辈波澜阔。

185. 醉花阴【图书馆】

书架整齐排阵列，几净窗明洁。

览室静无声，掩卷遐思，似与先贤说。

春蚕喜获青桑叶，细品欣吞咽。

来日吐银丝，细密绵长，织就华巾帕。

186. 蝶恋花【忆故宅平和溪园】

清澈小溪环绿坳，曲岸东边，浓密榕荫罩。
石板梁桥通土道，蔷薇四处花开俏。
居此多年年纪小。故宅沧桑，已改原先貌。
此景如今知者少，溪园只在心头绕。

187. 钓鱼

饵料调成香气留，浮漂一甩看沉浮。
扬竿吊起银鳞闪，贪食鱼儿易上钩。

188. 赞养生书法

值此全民倡健康，养生书法应弘扬。
传承文化功无量，脉脉心香沁墨香。

189. 蜜蜂

丛里穿梭忙不停，寻花采粉乐经营。

蜜蜂酿蜜天然使，却赐深恩惠众生。

190. 读书

书籍载文明，时时续扩增。

思维凝册页，知识结岩晶。

博览经纶饱，反刍道理清。

勤温仍不足，实践应躬行。

191. 醉花阴【莫扎特】

心里涌出旋律畅，石上清流淌。

一路响淙淙，跌宕回旋，激起层层浪。

灵思一动心湖漾，曲调翻新样。

百代出神童，多少名篇，谱就千秋唱。

192. 醉花阴【写字】

墨汁乌明宣纸白，手握羊毫笔。
意念聚毫端，纸上神游，忘却赢同失。
且描脑海龙蛇迹，跃跃呼之出。
眼界渐提升，偶得佳书，喜泪盈眶湿。

193. 中医

中医诚国粹，保健利民康。
辨症施良剂，疑难有验方。
全身来诊治，整体作思量。
免疫机能固，养生重预防。

194. 灯笼扶桑（依志勋韵）

凝住红霞绾彩绸，婀娜姿态足风流。
天然垂下灯笼美，欲借春光照晚秋。

195. 南靖河坑村（一）

河坑汇水响潺潺，历代土楼布田间。
美丽乡村人罕识，青山环绕隐桃园。

196. 南靖河坑村（二）

村落尽头景更幽，杂花生树掩溪流。
山泉跌宕声如乐，水面家禽自在游。

197. 南靖河坑村（三）

村中几树放红英，疑似梅花辨未清。
气候反常冬变暖，遂教桃木发春情。

198. 南靖河坑村（四）

三叠泉边树干伸，顿教溪景望深深。
写生最是宜佳处，野色秋来欲醉人。

199. 南靖河坑村（五）

北斗双呈形势奇，无心有意半存疑。
三流汇合穿村落，引得山泉入曲溪。

200. 南靖石桥村（一）

清流两岸土楼稠，就势高低布自由。
四合山丘林木秀，村前红柿挂枝头。

201. 南靖石桥村（二）

一溪澄澈穿村过，几树山桃发早花。
隔岸遥观风景画，土楼错落是农家。

202. 醉花阴【车上所见】

高铁列车轮急转，快似离弦箭。
千里返乡关，斜对车窗，风景时时换。
远山雾绕云飞捲，黛色轻如染。
晚稻熟田间，越陌连畦，织就金黄毯。

203. 醉花阴【机上俯见】

千座万栋楼宇瘦，绵亘青山皱。
道路若羊肠，路上行车，缓缓游蝌蚪。
降临夜幕灯光秀，大地罗星斗，
错落闪微明。路网河川，银线金丝绣。

204. 虞美人【四季花开】

春花秋月无时了，开放知多少。
庭园四季尽欣荣，姹紫鹅黄淡白又嫣红。
园丁仔细来培艺，借重高科技。
基因变异育材良，形美色鲜次第吐芬芳。

205. 当代诗词

非独风花同雪月，飞机电脑可题诗。
词人应重吟当代，留与后人识此时。

206. 述怀

何虑文章当代评，浮华利禄看须轻。
尽心只把思情表，不计今生后世名。

207. 访钟祥

江汉平原荆楚地，晚秋时节访钟祥。
阳春白雪传佳曲，宋玉灵均赋锦章。
郊郢陪都遗古迹，显陵王府筑华堂。
人文底蕴弥珍贵，长寿之乡美誉扬。

208. 钟祥明显陵

四合丘峦绕，显陵形制宏。
红墙环似臂，玉砌曲如龙。
两冢瑶台并，双门神道通。
当年须更美，帝后寝宫崇。

209. 醉花阴【忆儿时烧木炭】

为炼钢铁烧木炭，结队儿童伴。
挥斧砍枝条，晃晃悠悠，肩上青竿颤。
炭窑点火烟云漫，袅袅升山半。
出炭汗如珠，两手乌灰，抹出包公面。

210. 磨剑石

石本平凡却砺锋，磨成曲面体如躬。
君看宝剑寒光逼，勿忘青岩默默功。

211. 江中石

石恒不动水恒流，以逸待劳相对游。
屹立基岩根足稳，随它冬夏与春秋。

212. 赞汉克斯水彩画

水彩描成如摄影，然多拍照几分灵。
画家杰作叹观止，笔下风姿栩栩生。

213. 羊城灯光节（一）

无边光景耀眸明，金蝶银鸥展欲升。
百姓原为趋亮族，今宵共醉不眠城。

214. 羊城灯光节（二）

珠水波流染色光，摇金漾玉着新装。
今宵更比银河俏，天上人间相映煌。

215. 宁静致远

思维本是阅心声，意识多凭语义呈。
静处方能无搅扰，从来默想赖安宁。

216. 塞罕坝

千里森林景色幽，鹿羊鹰鹤共遨游。
堪惊两代愚公力，竟使荒丘变绿丘。

217. 白云山声景

白云声景乐追寻，鸟唱泉鸣播梵音。
欲使今人多品味，尚须科普入民心。

218. 聪明的鱼类（一）【猪齿鱼】

坚韧聪明猪齿鱼，牙衔蛤蜊甩珊瑚。
几回撞得壳身破，巧计谋成美味殊。

219. 聪明的鱼类（二）【珍鲹】

伏浪潜波候燕鸥，思吞美食策良谋。
精心估算飞行轨，一跃腾空愿竟酬。

220. 聪明的鱼类（三）【海豚】

海豚冲浪为嬉游，时伏时腾竞自由。
俄尔穿行摩海扇，浑身抹得抗生油。

221. 葡萄干

蒸干水份皮囊皱，糖质凝存味益浓。
常忆当初姿色美，千珠百串耀青红。

222. 昔日歌声

封藏脑底多旋律，耳际回鸣引感怀。
昔日歌声重可唱，青春岁月再难来。

223. 忆江南【广州新轴线】

羊城好，新轴势雄豪。
濒水广场花似锦，东西两塔插云宵。
直对小蛮腰。

224. 立体动画摄影

无需眼镜与头盔，平面今能显四维。
科技发明无止境，新鲜事物现周围。

225. 落叶

落叶成泥后，归根再养枝。
循环维永续，生命复如斯。

226. 广州大剧院

磨成双砾江边落，建筑辉煌中轴旁。
扎哈奇思谋实现，马师巧想导装璜。
超佳音质源科学，缩小模型预测量。
堪慰吾侪曾尽力，一流剧院国威扬。

227. 异木棉

冬日盛开南粤地，嫣红堪比紫荆花。
迎空欲扫阴霾淡，染就天边一片霞。

228. 晚年

晚年愈觉内心安，日子恒常去复还。
平静犹如深井水，不随风起泛微澜。

229. 大象无形

空间容活动，构筑划分成。
虚实相交替，阴阳互比生。
城规崇大象，设计重无形。
思建海绵市，须循道德经。

230. 岭南大会堂

岭南大会堂，设计费思量。
保证清晰度，经营混响场。
电声传话语，墙壁应宫商。
两者能兼用，创新谋妙方。

231. 人民大会堂声场仿真

会堂思再缮，研究理当先。
建立模型确，跟踪声线全。
脉冲频记录，特性尽详谙。
科学为基础，大厅音质甜。

232. 澳门妈祖阁（一）

十余年后重游此，榕树名岩护庙台。
香火依然融紫霭，民从四海感恩来。

233. 澳门妈祖阁（二）

玛考原为妈祖阁，停船泊处澳之门。
闽人传是开山者，闻此更知此地亲。

234. 澳门大三巴牌坊

牌坊立面五分层，巴洛克加古典形。
雕像如今时洁理，世遗圣地副馨名。

235. 澳门商业街

寸石铺行道，商楼夹两旁。
社区存旧貌，特产溢新香。
街窄旺人气，路宽多冷场。
宜居城设计，须得细思量。

236. 菩萨蛮【重游氹仔】

飞桥跨海虹波卧，横琴珠海伸拳握。
四处起宾楼，无多空白留。
楼房崇意式，建筑金黄色。
记忆渐模糊，新城旧貌殊。

237. 书坛乱象（一）

书坛乱象见纷纷，争挂副衔百十人。
标价直追官位贵，平方数字欲攀云。

238. 书坛乱象（二）

如麻墨线结纷纭，堪比发须乱几分。
大匠须扮神汉状，手挥巨帚扫乌云。

239. 书坛乱象（三）

分明丑陋说神奇，欲把人当孺子欺。
谁道儿童无见识，金睛火眼辨端畸。

240. 随感（一）

言愁说爱狭题材，无病呻吟究可哀。
世物千般呈笔底，人间万象入诗怀。

241. 随感（二）

抒情叙事皆提倡，意象铺陈两适宜。
莫拿寸绳量万物，毋凭偏见别高低。

242. 咏竹

竹圃千竿翠，风吹似笛吟。
纤维拉劲足，杆管抗弯匀。
薄膈均分节，空腔巧省心。
天工知力学，结构利凌云。

243. 咏草

大地渲青色，泥沙不起尘。
顽强经踩踏，坚韧忍呻吟。
到处能生叶，随机可扎根。
唯呈群体秀，岂炫独娇矜。

244. 稻穗

黄澄澄稻穗，遍野庆丰饶。
日照呈金色，风吹起浪涛。
诚心谋结实，谦逊乐弯腰。
粮食供人类，无华品自高。

245. 无人机光景

千架小机夜幕升，色灯闪烁满天星。
编程遥控多花样，光景创新异彩呈。

246. 互联网

恢恢网络盖全球，跨海巡天系五洲。
转瞬音文传往复，随时信息待交流。
精详定位知经纬，准确标频识秒周。
人类谋求齐发展，同赢互惠共千秋。

247. 卜算子【珊瑚颂】

海底石礁中，怒放如花树。
摇曳风姿展俏容，竟是腔肠属。
无意冠花名，不入群芳谱。
即便身亡韵尚存，千载妍如故。

248. 卜算子【昙花】

故宅北垣边，吊挂昙花束。
绿带垂垂饰粉墙，夜里开花簇。
其放不迟疑，其谢称神速。
一瞥芳容百日妍，永在心头驻。

249. 卜算子【树挂】

一夜朔风吹，千树琼瑶结。
剔透晶莹挂满枝，更比梨花洁。
只是缺芳香，不引蜂同蝶。
一待阳光朗照时，零落齐凋谢。

250. 人工智能

人工赋智能，机器变聪明。
图像懂分别，声音可辨清。
下棋赢国手，演奏混名星。
写作差强会，输唯缺性灵。

251. 蚕茧

终生苦累吐丝多，供给人间织锦罗。
作茧非为求自缚，唯期筑个避风窝。

252. 太阳能板

斜铺平板捕光能，替代煤油热电生。
利用太阳无限力，天涯何处不清明。

253. 醉花阴【地下管廊】

昔日各家埋管线，水暖通纤电。
一旦欲维修，动辄开挖，仿佛装拉链。
如今树立新观念，地下通廊建。
管道布平行，综合安装，修检均方便。

254. 西施舌

桑梓出珍蛤，名曰西施舌。
蛤肉露唇边，娇嫩呈玉色。
烹汤味鲜美，滋养又清热。
达夫曾提及，实秋记在册。
食谱称上品，吾亦粉丝客。

255. 忆梦境

精神多刺激，入夜梦魂萦。
白日诚心盼，深宵幻境生。
实虚浑不别，庄蝶混难清。
莫道三更短，起观北斗横。

256. 重庆泉里小镇

彩灯夜幕缀明珠，更有厨香逐气浮。
阵阵歌声轻播放，光声嗅味美何如。

257. 菩萨蛮【山地城镇建设】

神州山地多分布，城乡建设难题著。
建筑落差多，石泥防滑坡。
隧桥穿峡越，地下空间阔。
规划若成功，山城奇景宏。

258. 纺织

经丝固定均匀布，纬线穿梭织二维。
动静分工编锦缎，先人智慧叹精微。

259. 深圳

昔日渔村地，如今万亿城。
高楼披彩甲，道路饰花藤。
车辆匆忙涌，人群急速行。
创新为动力，经济益飞腾。

260. 醉花阴【圣诞节】

金鹿老人松压雪，圣诞平安夜。
商店布橱窗，银饰金装，彩带周遭结。
如今也过西洋节，尤引儿童悦。
歌曲耳能详，伴入甜乡，期待床头袜。

261. 贺广东省建科院举办书法展及讲座

建科子弟重文华，艺术工程本一家。
邀请先生来授课，满堂墨迹放奇葩。

262. 车内吟（一）

古人惯作马鞍吟，车内写诗我效颦。
闭目听凭思绪绕，偶成数句觉心欣。

263. 车内吟（二）

利用乘车片刻空，吟诗不误出差工。
时间犹似海绵水，乐挤方收效益丰。

264. 车内吟（三）

儿时乐见父吟诗，欣赏挥毫向往之。
不忘初心圆旧梦，老来落笔写新词。

265. 车内吟（四）

世事循环未可知，还童心愿乐吟诗。
覃思每日防痴钝，信笔华笺吐墨丝。

266. 重到香山（一）

香山冬至失红颜，满目松林色不鲜。
阔别多年今再访，临窗独立怅华年。

267. 重到香山（二）

记忆分明半纪前，同窗相约访香山。
风光熏得人心醉，欲与红枫比赤颜。

268. 香山再会良镛恩师

再会恩师大雪冬，吴公九秩耳犹聪。
人居环境关怀切，谋万家安贯始终。

269. 贺退休协会举办荡气回肠中国风晚会

歌吟辞旧岁，相聚在初冬。
朗诵诗词曲，和音角徵宫。
衣穿唐代款，扇舞宋时风。
忘却身将老，欢心已返童。

270. 新年晚会

诗生共诵忆江南，告别丁酉迓戌年。
且引今宵欢乐水，浇来满树蕾新妍。

271. 观电影《芳华》有感

军队一支文艺兵，英姿靓影恰年轻。
红歌高唱颂阳曲，劲舞频扬飒爽风。
坎坷生途终正直，回澜岁月转升平。
然因小事屡冲突，不合当时战友情。

272. 水陆两栖飞机鲲龙首飞成功

出浪鲲鹏傲碧空，穿云破雾显威风。
欲携东海千方水，来灭西山大火龙。

273. 机上口占

俯望沙洲如翡翠，桥横丝带束江流。
古人若得观斯景，又遣诗情上笔头。

274. 采茶扑蝶

儿时乐见家乡舞，扑蝶采茶记忆清。
手腕频翻摘叶状，眉梢总溢悦春情。
柔竿扎蛱悠悠颤，绸扇摇风款款倾。
丝竹吹弹怡耳调，文娱会演上京城。

275. 临江仙【蛟龙号船员自叙】

搭乘蛟龙潜海底，饱观奇异风光。
鱼群曼舞过舷窗，珊瑚花树美，异种察周详。
海峡资源洵宝贵，细心收集珍藏。
贝宫水殿乐巡航。龙王虽不悦，任我探深洋。

276. 回忆

感君情意浓，尽在目眉中。
瞳孔深难测，温柔放脉冲。

277. 围巾

馈赠围巾色泽新，羊绒织就送春温。
殷勤附上贺年卡，一片真心暖我心。

278. 新年

树轮增一圈，年历揭新篇。
祝贺声声起，心期福泽绵。

279. 元旦重游云台花园

未到云台已数年，今朝重访换新颜。
群芳亦过人间节，更胜平时几分妍。

280. 漫步鼓浪屿

春风拂面飘香气，炮仗红梅夹巷开。
院落参差拦不住，琴声一片越墙来。

281. 醉花阴【流感】

喉部肿红兼咳嗽，头忍紧箍咒。
筋骨变酸枝，清涕垂流，险滴衣衫袖。
无奈病毒威风抖，搅得人难受。
须待七天期，调养机能，方可康依旧。

282. 卜算子【菊花】

忆昔在杭州，菊展多新种。
姹紫鹅黄遍地开，扮得秋容重。
秋气播芳馨，疑是春风送。
锦簇团团暖众心，不觉寒霜冻。

283. 上海

曾经数度临淞沪，此次思将诗句留。
黄浦江边楼宇望，城隍庙里客商流。
弄堂几处藏英杰，青史多篇载将侯。
经济金融诚发达，人文科技引潮头。

284. 柔术

杂技演员惊四座，身如无骨扭全周。
力臻极限拳撑体，韧至深端腿压头。
腰摆柳条飘婉约，手舒鸿翅舞轻柔。
瑜伽本领诚高妙，苦练多年得自由。

285. 阿弥陀佛饭店

阿弥陀佛店，专供素斋餐。
无肉蠲油气，有菇伴笋干。
蔬羹多口味，豆食变盅盘。
漫步庭园内，梵音耳际旋。

286. 雪后杭州

杭城初霁日，天气转清嘉。
化雪添寒意，消冰剩薄碴。
栏干镶白玉，屋顶覆棉花。
喜见金盘挂，蟾光照万家。

287. 在杭州遇雪戏作

如盐似絮雪纷飞，落到丛间粉聚堆。
何处仙宫烧蛎壳，漫空洒下恁多灰。

288. 咏松

针针松树叶，面小少蒸腾。
即便天时冷，依然色泽青。
听凭风凛冽，未见木凋零。
挺拔身躯正，威严似列兵。

289. 咏梅

梅花高品格，世代获佳评。
文士多吟赋，丽人喜取名。
色同形共美，香与气相凝。
怒放隆冬日，鲜红映雪冰。

290. 今昔市井声景

深宵滴答听春雨，清早无人卖杏花。
声景依时多变化，只闻车辆闹喧哗。

291. 家乡名茶

流香色种一枝春，桑梓乌龙茶品存。
古法加工洵可贵，儿时味道忆中珍。

292. 半边月

仰望天空月半边，清辉减损梦魂牵。
阴晴满缺虽常事，总盼云霄镜再圆。

293. 细雨

细雨濛濛视若无，花梢叶末结微珠。
尘埃轻浥心澄净，空气清新润物酥。

294. 冰雪运动

滑雪溜冰互赶追，贴身路面却如飞。
寒天冻地难封住，热血燃情闪炽辉。

295. 迎春节

迎春气氛渐趋浓，路上行人步履匆。
携绿提红忙不迭，个中最喜是儿童。

296. 春节晚会

儿孙绕膝观春晚，歌舞欢腾闹万家。
数十年来成惯例，迎新辞旧伴随它。

297. 蜡梅

蜡梅数朵黄如玉，迎着寒风默默开。
红紫纵然明众目，幽香我独惜卿才。

298. 插花

叠蕊移花造景妍，青藤翠叶衬芳颜。
全凭秀巧东君手，冬日迎来四月天。

299. 戊戌新春

炮仗声中炮仗开，新春佳节乐盈怀。
祥云喜送金鸡去，瑞气恭迎吉犬来。

300. 茶花

庭院茶花近日开，团团粉瓣若绢裁。
人间春节君知否？似约佳期放蕊来。

301. 厦金焰火晚会

夜空燃放花千朵，灿烂光华照两门。
表达同胞同愿景，年年海峡共祥云。

302. 中学同学聚会

初三中学同窗会，叙旧言新感谊亲。
一幅当年班级照，更牵记忆溯青春。

303. 民俗文化活动

抬阁醒狮年味浓，古人今众共时空。
任凭思绪暂穿越，好置身心历史中。

304. 南音

南音活化石，古韵幸遗存。
尺八声浑厚，琵琶调朴淳。
丝弦歌子夜，锦曲唱郎君。
拍板鸣清响，钟笙奉乐神。

305. 冷空气南下

北方冷气渐南侵，风拂长天卷积云。
此地生机仍勃勃，群芳依旧俏迎春。

306. 棉花

此物非花胜似花，棉铃裂处洁无瑕。
纤维细密衣千体，丝絮柔和暖万家。
网罩弓弹成被褥，纱经线织代桑麻。
川原每至丰收日，天地白云接远涯。

307. 林中乐

鸟儿善唱兼能舞，不愧天生艺术家。
咏叹抒情多曲目，翩翩又见散飞花。

308. 元宵

皎洁银盘亮挂天，流光溢彩庆团栾。
几多人约黄昏后，期盼情缘共月圆。

309. 音乐喷泉

音频伴奏舞蹁跹，俄尔冲腾上九天。
一袭银裙惊俊俏，嫦娥欲下学飞旋。

310. 每日一诗

清晨起按时，写毕数行诗。
发到群圈里，天涯慰所思。

311. 三八妇女节

三八女神节，颂吟娘子军。
增添多季色，托起半天云。
事业凭成就，人间赖永存。
柔来情似水，坚韧建奇勋。

312. 回家

家在东西南北方，亲人住处即吾乡。
归心箭引回归路，越过千山与万冈。

313. 捣练子【儿时杂忆（一），看电影】

夕照黯，手灯明，我伴娘亲进县城。
一俟散场银幕落，漫街插曲唱和声。

314. 捣练子【儿时杂忆（二），制弹弓】

芭乐树，树枝柔。欲剪枝桠爬树头。
自制弹弓成利器，谁知射雀总空投。

315. 捣练子【儿时杂忆（三），捕斗鱼】

红叉尾，彩纹斑。为捕雄鱼下稻田。
养在罐中添藻石，盼其决斗敢争先。

316. 捣练子【儿时杂忆（四），粘知了】

夏季至，学粘蝉。一丈竿头蛛网缠。
屏气循声寻翅影，半天转遍小溪滩。

317. 捣练子【儿时杂忆（五），洗铁沙】

月挂镜，水声嘈，乐在溪中安木槽。
借助激流冲洗力，黄沙渐尽铁沙淘。

318. 捣练子【儿时杂忆（六），龙眼鸡】

红鼻子，绿披篷，龙眼鸡飞果树丛。
我用长竿安纸套，擒来掌里赏昆虫。

319. 捣练子【儿时杂忆（七），工尺谱】

工尺谱，记闽音，和上叉凡古调吟。
卧榻和衣听一曲，芸窗蕉雨伴桐琴。

320. 捣练子【儿时杂忆（八），学诗词】

平仄仄，仄平平，格律严亲一点明。
唐宋诗词元散曲，众香国里吮花精。

321. 捣练子【儿时杂忆（九），练书法】

颜柳赵，楷行书，拓帖临摹笔砚濡。
家父毫端开墨菊，中堂条幅列珠瑜。

322. 捣练子【儿时杂忆（十），功夫茶】

古井水，紫砂壶，火舌轻摇泥炭炉。
色种乌龙冲几盏，甘芬留齿灌醍醐。

323. 捣练子【儿时杂忆（十一），学游泳】

榕树下，有深溪，戏水嬉波消夏时。
跳水他人张燕翅，我唯垂直落身姿。

324. 捣练子【儿时杂忆（十二），迁漳州】

从县镇，到漳州，路阔灯明府院楼。
山镇儿童迁闹市，小溪水入大江流。

325. 捣练子【儿时杂忆（十三），集邮票】

谢尔盖，喀秋莎，友谊之春开嫩花。
翘首盼来回信至，新邮急向侣朋夸。

326. 捣练子【儿时杂忆（十四），游厦鼓】

鼓浪屿，菽庄园，集美嘉庚墓似鼋。
始识人间佳境秀，井蛙跳至大洋边。

327. 捣练子【儿时杂忆（十五），爱科学】

停设备，撤专家，蜜月期终关系差。
始立攀登科技志，徜徉数理咀英华。

328. 忆江南【漳州忆（一），漳州一中】

漳州忆，书院映丹霞。
八卦楼旁江水碧，紫芝山麓李桃华。
是我少年家。

329. 忆江南【漳州忆（二），花果之乡】

漳州忆，花果遍田畴。

蝴蝶山周师院立，九龙江侧市楼稠，

几度引乡愁。

330. 忆江南【漳州忆（三），少时同伴】

漳州忆，最忆少年俦。

青涩男儿才智露，如花少女舞姿羞。

岁月已悠悠。

331. 忆江南【漳州忆（四），困难时期】

漳州忆，熬过困难期。

场地开成蔬菜地，小球藻饼助充饥。

总盼聚餐时。

332. 忆江南【漳州忆（五），布袋戏】

漳州忆，布袋戏称奇。

手掌自如操傀儡，梨园人物焕新姿。

老少尽相宜。

333. 忆江南【漳州忆（六），采荔枝】

漳州忆，夏日采荔枝。

少女少男欣上树，灯笼累累压枝低。

佳果啖淋漓。

334. 忆江南【漳州忆（七），习钢琴】

漳州忆，难忘钢琴房。

心索琴弦相共振，键盘之上指飞翔。

醉入黑甜乡。

335. 忆江南【漳州忆（八），数学竞赛】

漳州忆，数学竞奇思。
只为疑难方有味，几何三角可吟诗。
总令少年痴。

336. 忆江南【漳州忆（九），赛排球】

漳州忆，班际赛排球。
总有众妮来助阵，谁知决战把分丢。
脸涨若关侯。

337. 忆江南【漳州忆（十），歌咏比赛】

漳州忆，声动紫芝秋。
师长作词愚谱曲，全班合唱亮歌喉。
会演拔头筹。

338. 忆江南【漳州忆（十一），高考】

漳州忆，高考夺红旗。

厅长师生齐祝贺，果然不负众人期。

指日赴京师。

339. 忆江南【漳州忆（十二），思亲人】

漳州忆，岁月可回流？

昔日歌声犹在耳，亲人影像脑中留。

白了少年头。

340. 相见欢【大学时光（一），上清华】

华年考上名牌，喜盈怀。

各地鲜花，移向一园栽。

长苗壮，竞开放，是人才。

理想在胸，更上一层台。

341. 相见欢【大学时光（二），校长接见】

工厅几净窗明，会新生。
校长南翔，风范令心倾。
鼓勇气，趁机会，表心声：
欲做名家，竟获蒋公称。

342. 相见欢【大学时光（三），学渲染】

清华堂里西厅，悄无声。
柱式楼墙，渲染令神凝。
板斜放，笔轻降，色分层。
退晕合宜，光影渐分明。

343. 相见欢【大学时光（四），餐馆遭斥】

趁机游历京畿，感新奇。
北海西单，寻遍赖单骑。
清真馆，尝拉面，携猪蹄。
遭斥一番，始识己无知。

344. 相见欢【大学时光（五），游西山】

西山初赏清秋，约同游。

枫叶如丹，红遍远山陬。

车轮转，笑声串，不知愁。

议说曹公，此处写红楼。

345. 相见欢【大学时光（六），提高班】

俄文数学双科，获良多。

施教因才，高木发繁柯。

开小灶，名师导，细研磨。

马未停蹄，驰骋上山坡。

346. 相见欢【大学时光（七），演出】

发挥文艺之长，进琴房。

声助越南，歌舞练多场。

竹签舞，舞昂奋，曲飞扬。

初演成功，轰动万人堂。

347. 相见欢【大学时光（八），毕业】

谁知好景无常，烈飚狂。

文革波兴，风雨黯华堂。

武斗起，十旬止，令心伤。

分配匆匆，学业草收场。

348. 醉花阴【铁路岁月（一），线桥大修队】

斗批改毕匆毕业，分配来西铁。

修路护桥梁，百里秦川，遥与家乡别。

青龙一列游山野，随地安家歇。

正体魄康强，抬轨挑沙，不羡风同月。

349. 醉花阴【铁路岁月（二），修筑棚洞】

宝成铁路修棚洞，爆破山岩动。

此地近街亭，诸葛当年，挥泪愁心痛。

江波依旧朝前涌，故事千年诵。

到此引遐思，何日能圆，报国平生梦。

350. 醉花阴【铁路岁月（三），文艺宣传队】

少女少男文艺队，舞熟歌声脆。

正好显风华，伴奏风琴，多是红歌汇。

松杉搭就新台美，台下人声沸。

慰问演成功，小聚深宵，酌饮三杯醉。

351. 醉花阴【铁路岁月（四），基建处】

年后调至基建处，乐在临潼住。

附近是骊山，偶泡温泉，享受杨妃趣。

施工新技频推举，液压浇台柱。

架设靠桥机，吊臂悬梁，进度提升著。

352. 醉花阴【铁路岁月（五），调到南昌局】

协商调来昌铁处，离家无多路。

带队造桥梁，竹舍茅棚，伴着溪流住。

寒冬时节修桥础，围堰挖深浦。

夜战架明灯，连轴加班，不觉东方曙。

353. 醉花阴【铁路岁月（六），设计事务所】

归队加盟房建组，小试锋芒露。
排架算精详，独立担纲，设计机修库。
忽闻母校重招募，开敞研修路。
重拾外文书，不计讥嘲，唯恐良机误。

354. 卜算子【读研日子（一），同窗重聚】

八载别天涯，重作同窗聚。
细检中西轶事书，未有此奇遇。
习数理英文，发愤听师语。
扎紧牢门补失羊，互勉攀登路。

355. 卜算子【读研日子（二），学画水彩】

郊外树林边，藤木掩村宅。
趁此秋深色彩斑，正好调颜墨。
掌握配稀浓，迷恋颜中色。
互补红蓝了解清，绘就缤纷册。

356. 卜算子【读研日子（三），硕士论文】

研究首开题，迈上长征路。
探索城区控噪声，何种楼盘好。
测试遍京城，出发何嫌早。
规律摸清发论文，不负恩师导。

357. 卜算子【读研日子（四），业余生活】

暮色渐苍茫，座椅排成阵。
盯住银屏看血疑，初作明星粉。
偶尔进厅堂，欣赏银喉振。
数位歌星亮相初，已展金声韵。

358. 卜算子【读研日子（五），博士论文】

有幸拜名师，继续攀登道。
研究车流发噪声，影响知多少。
预测泊松流，公式思推导。
电脑模型作仿真，声级提前报。

359. 卜算子【读研日子（六），博士论文答辩】

业界拔头筹，答辩开先例。
学术权威作委员，情景终生记。
六载历辛劳，此日秋阳丽。
博士荣膺慰我心，再挂云帆起。

360. 菩萨蛮【浙大时期（一），浙大任职】

离京派到江南地，西湖侧畔谋师位。
婉谢导师留，孤身再远游。
欣来名学府，耕作育苗圃。
欲继教师缘，今朝梦始圆。

361. 菩萨蛮【浙大时期（二），本科教学】

春来夏至花千朵，秋收季节红橙果。
届届出英才，园丁笑靥开。
声波明物理，模式阐佳例。
讲义用心编，新书售数千。

362. 菩萨蛮【浙大时期（三），科学研究】

灵机一动推公式，虚墙概念人初识。
得意解难题，扬鞭再奋蹄。
听音评品质，借助模糊集。
国际发文章，锥锋偶露芒。

363. 菩萨蛮【浙大时期（四），创办建筑系】

中年协助谋分系，城规建筑新家立。
院史揭新篇，腾飞双翼添。
应邀来德国，协力中同德。
合作办城规，取经满载归。

364. 菩萨蛮【浙大时期（五），指导研究生】

新升绛帐菁莪育，绵绵香火今延续。
弟子带多人，女男对半匀。
蚌珠华彩烁，璞玉堪雕琢。
甚慰教师心，莘莘木秀林。

365. 菩萨蛮【浙大时期（六），出国深造】

思开眼界谋深造，重洋飞越乡关渺。
澳国又西欧，研修两载游。
论题时展拓，总有新收获。
国际舞台宽，登临演一番。

366. 菩萨蛮【浙大时期（七），加入之江诗社】

之江结社文人萃，诗朋墨友时相会。
吾乃半诗人，应邀入社门。
江南文气盛，州县来相请。
欲效集兰亭，东阳雅会兴。

367. 菩萨蛮【浙大时期（八），家庭团圆】

分居十载今团聚，蜗居不减亲情趣。
冬季赏梅花，明前煮绿茶。
西湖曾划艇，太子湾留影。
能不忆杭州，心头景物留。

368. 忆江南【华工忆（一）】

华工忆，九八调华工。
携妇移家南粤地，心期此处固萍踪。
开拓立新功。

369. 忆江南【华工忆（二）】

华工忆，硕博带多名。
花树年年开蕾艳，笋尖节节拔筼青。
团队列精兵。

370. 忆江南【华工忆（三）】

华工忆，最忆是红楼。
绿树遮窗筛日照，白屏挂壁映光投。
学问共交流。

371. 忆江南【华工忆（四）】

华工忆，缩尺建模型。

剧院荣登经典榜，会堂兼作管弦厅。

举世尽知名。

372. 忆江南【华工忆（五）】

华工忆，声像仿三维。

座位模拟音效美，厅堂渲染景生辉。

技术占头魁。

373. 忆江南【华工忆（六）】

华工忆，民乐测频程。

混响室中求响度，消声屋里定声能。

指向辨分明。

374. 忆江南【华工忆（七）】

华工忆，研究辟新程。
用后评估成热点，建成反馈矫偏行。
居境质提升。

375. 忆江南【华工忆（八）】

华工忆，出境访频频。
美日法英存挚友，台澎港澳结知音。
引智绾人心。

376. 忆江南【华工忆（九）】

华工忆，院士榜题名。
荣誉唯能归过去，龄趋花甲尚年轻。
策马再登程。

377. 忆江南【华工忆（十）】

华工忆，实验室谋成。
生态城乡深探索，节能建筑广推行。
业界获佳评。

378. 忆江南【华工忆（十一）】

华工忆，著作结多晶。
声学精心明理论，诗词努力发心声。
理纬织文经。

379. 忆江南【华工忆（十二）】

华工忆，光景揭新帏。
创立学科言要义，首提概念阐精微。
夕照射余晖。

380. 忆江南【华工忆（十三）】

华工忆，弟子满天星。

微信群中传信息，每逢佳节聚华厅。

旗帜后人擎。

381. 水调歌头【忆访德国】

初次远程访，便到柏林游。

虽逢八月炎夏，却感清如秋。

访问柏林工大，规划交流事毕，导引看街楼。

立面依原貌，设备内更修。

过边界，穿飞地，访东欧。

驱车越野，不见堡垒及壕沟。

抵达勃兰登堡，波茨坦宫遐想，此地会三头。

往事如烟散，玫瑰换吴钩。

382. 水调歌头【忆访洛杉矶】

昼夜飞行急，赶赴洛杉矶。

社区星散棋布，全靠四轮驰。

初识唐人街市，海外似回中土，聊可慰乡思。

浏览影城毕，顺访迪士尼。

奔高速，寻终点——奥兰奇。

噪声控制，国际会议获新知。

橘县剧场建筑，首创栏墙反射，音质美如饴。

有幸参观此，眼界拓遐圻。

383. 水调歌头【忆访新加坡】

思访东南亚，首站到狮城。

新加坡国奇特，转瞬换阴晴。

地近南洋赤道，气候终年如夏，衣薄一身轻。

闽语亦通用，四处感乡情。

树如盖，花似锦，气新清。

圣淘沙地，入夜乐动射泉明。

尚有牛车水处，商铺酒吧汇集，美食竞纷呈。

实乃繁华市，星岛见龙腾。

384. 水调歌头【忆访奥地利】

获得奖金助，访学越重洋。

一年合作研究，独自赴他乡。

阿尔卑斯山谷，四季风光如画，正好写文章。

简洁推公式，预报赖虚墙。

诚难忘，维也纳，测音强。

厅堂响度，今后计算有新方。

依据乐团组合，测出强音功率，由此作衡量。

脱颖囊锥出，偶尔露锋芒。

385. 水调歌头【忆访澳洲】

访问柏林毕，应约赴悉尼。

北南季节相反，寒暑恰同期。

来到港湾桥上，眺望白帆扬海，剧院令心仪。

又睹考拉兽，憨态众人迷。

研音质，凭链接，奠新基。

厅堂建筑，先借软件仿三维。

输入跟踪声线，求得声场参数，预测靠微机。

工作领头做，后学自跟随。

386. 水调歌头【忆访丹麦】

向往北欧久，欣喜访丹京。

海边梦幻传说，美女半鱼形。

沿着古城街道，寻访作家故宅，童话境中行。

四处风车转，河道纵交横。

噪声会，邀报告，获佳评。

新朋旧友，丹麦技大喜相迎。

新获仿真软件，改进厅堂模拟，音质可聆听。

顾问利其器，设计质提升。

387. 水调歌头【忆访日本】

合作交流密，日本屡成行。

京都大阪神户，熊本与东京。

记得初经干线，宛似游龙飞度，羡慕悄然生。

今日吾高铁，已令五洲惊！

论音质，言声景，控骚声。

频繁互访，齐办杂志组联盟。

提倡时间设计，实现视听一体，剧院仿真精。

环境重听觉，世界冀安宁。

388. 水调歌头【忆访美加】

院士组团访，美国与加京。

先经纽约华府，再向渥城行。

科学工程两院，选举咨询诸事，了解识尤清。

大使与参赞，接待感温情。

深秋季，加拿大，叶红明。

上城国会，香色典雅展华厅。

顺访五湖千岛，游艇拖波曳浪，嘉树掩楼亭。

岁月恒流逝，情境梦中萦。

389. 水调歌头【忆访法国】

机会因缘巧，造访法兰西。

爱丁古堡行毕，终站到巴黎。

鉴赏卢浮珍宝，领略凯旋气派，感受帝都威。

地铁纵横布，游历路难迷。

行郊外，天如拭，水涟漪。

行宫宏丽，凡尔赛殿映斜晖。

规划几何对称，布局协调严整，建筑甚瑰奇。

中外造园术，一曲一规齐。

390. 水调歌头【忆访英伦】

因欲赴参会，再次访英伦。

曼城约克游毕，最后到伦敦。

一路火车经处，起伏丘陵绿地，草茂见牛群。

生态维持好，城市隔乡村。

乘巴士，游都市，历晨昏。

白金汉殿，雕像圣洁衬浮云。

泰晤士河两岸，瞻仰钟楼白塔，举目望天轮。

往昔雾都境，今日荡无存。

391. 水调歌头【忆访台湾】

应约访东海，初次到台湾。

登门拜会娘舅，夙愿幸终圆。

到处乡音闽语，古典亭林建筑，仿佛在家园。

两岸亲情永，骨肉带筋连。

游台北，尝美食，聚圆山。

花莲西北，临太鲁阁望飞湍。

日月潭中观景，涵碧楼前赏月，山水醉微酣。

宝岛隋珠灿，和璧几时还。

392. 水调歌头【忆访香港】

香港常来往，熟悉若家乡。

三期培训声学，弟子遍香江。

演艺中心建设，国际竞标评委，获聘感荣光。

奉献尽绵力，蜡炬闪微芒。

港龙地，规划细，值弘扬。

巴士地铁，连接口岸及机场。

重要社区节点，廊道天桥贯串，遮雨挡骄阳。

惜地重留白，绿野郁苍苍。

393. 水调歌头【忆访澳门】

出席仿真会，过境到濠江。

澳门氹仔三地，领略好风光。

瞻仰三巴牌坊，拜谒女神妈祖，游览旧城墙。

中外融文化，传统杂西洋。

水晶厦，观博彩，入娱场。

人来人往，多少剧目演无常。

财富瞬间易手，人性露开一面，几喜几悲伤。

经济多元化，宝地续辉煌。

394. 水调歌头【忆访夏威夷】

忆昔庚辰岁，曾赴夏威夷。

檀香山市游历，畅泳外基基。

白馆卧波珍港，凭吊炸沉战舰，烈士众名题。

又访火山口，烈焰剩灰泥。

欧胡岛，居土著，聚而栖。

草裙刀火，群舞热烈抖身姿。

观赏速爬椰树，钻木引燃取火，古朴反新奇。

如入时光隧，穿越到秦时。

395. 水调歌头【忆访克拉科夫】

戊子年初夏，参会到波兰。

旧都盛产虫珀，橙紫透斑斓。

哥白尼曾居此，发表惊天学说，始识地巡天。

瞻仰故居处，院落古依前。

古城美，依河道，筑墙垣。

广场宏阔，环绕建筑立千年。

方塔钟楼并立，修院教堂相望，风格杂其间。

世界文遗地，盛名不虚传。

396. 水调歌头【忆访斯洛文尼亚】

虎岁初秋季，与会到中欧。

斯都位处盆地，城际跨清流。

登上小山俯瞰，市政广场在望，一览景全收。

展翼青龙在，威武镇桥头。

斯科茨 扬溶洞，隐山丘。

地河汹涌，声动十里水云浮。

布列加玛城堡，镶嵌石灰岩穴，神秘又深幽。

各处风情异，胜地乐停留。

397. 水调歌头【忆访意大利】

的里雅斯特，意国北东城。

米拉玛尔城堡，玉殿映青溟。

因赴能源培训，物理中心访学，有幸得成行。

遥望海湾阔，心浪逐潮兴。

趁休假，游罗马，访名京。

教堂宏伟，廊柱展翼护宫庭。

斗兽场存遗迹，柱式拱门相续，石砌混凝成。

历史沧桑感，到此不由生。

398. 水调歌头【忆访韩国】

忆昔访韩国，壬午值秋天。

仁川金浦空港，两次转航班。

游览济州群岛，惊叹火山节理，奇特海边岩。

初次探洋底，乘艇作深潜。

应邀请，来首尔，续参观。

王宫印象，红柱碧瓦衬青山。

造访梨花大学，又到汉阳学府，杂树掩华轩。

登上观光塔，夜景耀无边。

399. 水调歌头【忆访瑞典】

因访道交所，故至瑞东南。

河湖交织湾港，四处校区延。

林雪平虽不大，城堡教堂四布，草地绿如毡，

楼宇精心筑，乃是适居园。

转车至，东海岸，睹京颜。

岛桥连体，波影潋滟织游船。

市政蓝厅典雅，诺奖精英宴集，故此值观瞻。

博馆星罗布，文化沁心田。

400. 卜算子【恒吟集出版感赋】

披阅此诗笺，难掩心头悦。
每日诗词一首成，纪录当能越。
热恋一年多，历尽寒同热。
丑媳今朝领进门，听任公婆说。